내 마음 읽어주소

최찬수

새미

최찬수 시인이 풀잎 같은 하늘의 말을 모아 한 권의 시집을 묶는다. 풀잎이나 나뭇잎 같은 순수한 시어이면서도 세상에 던지는 메시지가 호소력 있는 시편들이다. 내 마음을 읽어달라는 최찬수 시인의 호소가 마음을 젖게 한다.

최찬수 시인은 새 하늘 문을 열고 찾아낸 그 구름밭에 하늘 나무를 심기 위해 노력하는 시인이다. 또한 최찬수 시인은 응용화학이 전공인데도 사물을 보는 직관력이 뛰어나면서도 순수하기 이를 데 없는 시인이다.

최찬수 시인의 독자들은 새로 눈을 뜨시라.

새로운 세계관을 맞이하리라.

영국의 시인 바이론은 이국에서 눈을 감을 때 "그리스의 연인들이여 조국을 사랑하라"고 했다.

최찬수 시인의 「첫눈」이 꿈에 본 옷자락처럼 펄럭이노니 독자들이여 최찬수 시인의 시를 사랑하시라.

독자의 마음을 두 번 눈뜨게 하는 시, 독자들은 구름에 울고 시인은 눈꽃에 울고 새벽창을 연다.

2014년 황금찬

본인이 등단한지도 상당기간 시간이 흘렀는데 무엇인가 시인으로서 잘 해봐야겠다는 늘 심적인 부담으로 살아오면서 틈틈이 발표한 시편들을 한 책에 모아서 개인 시집이라는 것을 내게 되었다. 가뜩이나 세상에는 정보가 난무하여 사람들을 정신이 없게 하는데 한 가지 더 얹어서 더 혼란만 가져다주지나 않을까 삼가는 마음도 들었지만 한 사람의 삶과 생각이 세상에 던져지면 단 몇 사람이라도 공명을 일으켜 그들 삶에 감동이 있을 수 있다면 내지 않는 것보다는 세상에는 이익이라는 생각으로 졸작들을 묶어 세상 밖으로 본 시집을 탄생시키게 되었다. 또한 더 중요한 것은 개인적으로도 세상에 시집을 내놓음으로써 보다 넓은 범위의 독자들로부터 오는 지도편달이 나의 삶의 좌표를 정하는 데도 영광된 기회가 될 수 있다고도 생각되었다.

시는 참 매력 있는 문학 장르이다. 압축된 한 편의 시이지만 그 속에는 소설만큼의 이야기를 엮어서 사상의 무게를 실을 수 있는 게 시라고 생각한다. 그럼에도 불구하고 요즈음 같은 물질만능주의, 배금주의, 실용주의, 경제논리 등으로 사람으로 가만히 앉아서 사색하지 못하게 하는 풍

토 위에 시인은 설 땅이 매우 제한받고 있는 것도 사실이다.

시는 시대를 반영한다. 요즈음 같은 인터넷을 통하여 많은 정보가 생산되고 파생되는 세상의 배경에서 시는 어떠한 역할을 담당하고 또 시인의 사명은 무엇인가 하는 질문은 많은 평론가들이 연구하여야 할 몫이겠으나 현장에서 뛰고 있는 시인은 하루하루가 역할과 사명의 실천의 날이기 때문에 그 하루하루는 진정 전투적일 수밖에 없다. 하루를 시인은 시를 위해서 아름답게 살아야 하고 천상의 말을 하여야 한다. 그래야 시인은 좋은 시어를 발견할 수 있고 그를 통하여 좋은 시를 쓸 수 있다고 생각한다. 이러한 시인에게 인터넷은 오히려 방해가 될 수 있다. 오늘날 인터넷을 보라. 남을 중상모략 하는 악마의 수단으로 변모한 게 어제 오늘의 문제가 아니다. 예의 있고 품위 있는 언어의 조타가 아니라 쓰레기 같은 말들, 욕설, 비방하는 언어, 예의에 벗어난 언어들 이러한 언어들이 난무하고 확대 재생산되고 있다. 이러한 인터넷 시대의 언어의 파수꾼으로서, 어른으로서 시인의 정선된 언어로 표현된 시야말로 시대의 향도의 역할을 하기에 부족함이 없을 것이다.

어느 시대든 시인이 없는 시대는 생각하기 두렵다. 세상에 시가 없으면 꿈도 사라진다. 지금 이 시대는 어떤 시인과 시를 요구하는 것일까? 필자는 악용되는 정보로 문란해진 이 세계에 시인은 언어의 정화와 의미의 혼란을 막기 위하여 좋은 시를 많이 써서 세상에 내놓아 사회에 봉사하여 야 한다고 생각한다. 세상에 나온 시는 시인 한 사람의 소유물이 아니다. 일단 나오면 이는 확대 재생산 발전하여 새로운 시를 낳는 데 이바지한다. 그리하여 세상은 점점 더 풍부해지고 정신뿐만 아니라 정치, 경제, 과학, 공학 사회에도 그 활동의 가치를 풍부하게 한다고 생각한다. 시는 없고 돈만 있는 세상은 삭막한 환락의 세상 약육강식의 세상을 면치 못할 것이다. 그러므로 시인과 시의 사회에 대한 사명감이 막대하다고 할 수 있다.

세상을 돌아다닐 때마다 시를 생각했다. 어떻게 하면 필자 개인이 보고 느낀 것을 시로 표현하여 세상 사람들에게 전하고 공명을 일으켜 볼까 고민했다. 이번 필자가 내놓는 『내 마음 읽어주소』는 이러한 고민 속에서 탄생했다. 어떻게 가는 세월 동안 시간을 낭비하지 않고 의미 있는 인생이 되게 할까 그리고 어떻게 표현을 해서 한줄기 빛처럼 필자의 인생의 줄기를 잡아볼까 또 그리고 그것을 전달할까 고민하면서 이 시집을 내놓는다. 이 자그마한 노력이 독자들에게도 조금이나마 울림이 있다면 기쁘겠다.

2014년 1월 9일 잭슨에서 동안거
최찬수

차 례

1부

어찌 밤하늘에 나는 게 모기뿐이랴

어찌 밤하늘에 나는 게
여름밤 잠 못 들게 하는 모기뿐이며
풀섶에 명멸하며 반짝이는
반딧불뿐이랴

사랑에 눈멀어 수만 리를 날아가는
불나방도 있고
불만 켜면 달려드는 풍뎅이도 있듯

깊은 바다에 납작 엎드려 가자미처럼
모두들 사랑 앞에선
사시斜視를 하고 살아가지만

난
서로를 내어주며 화음을 내는
풀벌레처럼
오묘하고 넓은 우주의 여름을
밤새도록 노래하고 싶구나

테마가 있는 인생

드라마 같이 테마가 있게
사색하며 걷는 인생의 뜰에서
돌부리 하나에도 미소를 보낼 수 있다면
나는 외롭지 않으리

무쇠같이 돌같이 달려온
비바람도 무심히 많이 지나간
내 인생의 뒤안길에서
그 누군가 내 인생의 뜰에
함초롬히 피어있는 들꽃을 발견할 수 있다면
나는 결코 외롭지 않으리

걸어온 걸음걸음
내 발자취를 사랑하면서
함께 세월을 동행한 지인知人들과
이 세상 끝날까지
살아갈 수 있다면
결단코 내 인생 헛됨 없으리

제야의 종소리를 들으셨나요

제야의 종소리를 들으셨나요
새해엔 사랑의 심지를 활활 돋우라는

지나가는 것은 덧없어
새 술은 새 포대에 담으라는
신년사를 준비하는 새해를 맞이하여
안녕 안녕 작별을 고하는데

어둠 걷히듯
내 마음을 사랑으로 환하게 밝히며
연하장에 소망을 각인하듯
심금 깊이 울려 퍼지는

그대는
제야의 종소리를 들으셨나요

갈대

예행된 번영만 연기할 줄 알며
줄달음치던 세계가
한 치 앞을 내다보지 못하고
혼비백산하듯
이리도 무서리가 내릴 줄
누가 알았으랴

경제 골리앗이라고 하는 미국의
모기지mortgage 회사들을
가을날 낙엽처럼 날려버린
화마 같은 쓰나미가
지구촌 곳곳
혈로의 흐름을 마비와 경색으로
멈추게 하며
뱀장어와 미꾸라지 같은
유동성流動性이라도 갈급해하는데

비바람이 불면 불수록
이리저리 흔들려도
끝내 꺾이지 않고
하회탈처럼 웃고 있을
한국의 갈대가
대한민국 전역에서 흔들리고 있네

선상의 사랑
　ー새내기들과 오사카를 향하다

해풍은 홍안에 나부끼고
이팔청춘은 꿈으로 이불을 덮는데

밤새 하늘에서 온 천사들처럼
소망을 꿈꾸며
사랑의 시를 읊는 새내기들

그들의 해맑은 웃음처럼
밤바다는
하늘에서 내려온 은하로 불꽃놀이 한창인데
선상의 사랑은 무르익어 가고
뱃고동도 산뜻한 저음을 내는

이곳이 마치 천상이 아닌가
희열이 밀물 치네

백두산 지하 삼림

천지개벽 화산폭발로 꺼지고 올라
지하계곡이 생겼다는데

수직으로 치솟은 원시림의 나무들은
폭포로 내리는 청수에 발을 씻고
쫘악 열병을 하며
계곡에 수증기를 뿜어내고 있는데

청목靑木과 고목枯木은
산 자와 죽은 자가
공존하여 배려하며
낮은 데로
낮은 데로 생명권의 인수식을 하는 듯

꺼져 내린 지층으로 삐져나온 기이 묘한 암벽들이
성례식에 기립하여
박수를 보내고 있구나

대부도의 갈매기

대부도 가을 석양 아래
바다는 어머니같이
넓은 품으로 안아주는데

갈매기는 마음이 후한 주인처럼
하늘에 떠 있다가
내 마음을 아는 듯
반가운 인사를 하는구나

반사되어 홍조를 띤
물결 따라 반짝이는
너의 날개처럼
나에게도 날개가 있다면

어릴 적 꿈처럼
세상 곳곳을 넘나들며
찬란한 태양을 바라보며
마음껏 비상할 것을

양팔을 활짝 펴고
갈매기처럼
나래를 저어본다

어금니의 반란

한 놈은 뿌리 깊은 감염으로
또 한 놈은 보철 밑의 부식으로
한꺼번에 밀어닥쳐 정신없이 난타하는
어금니의 반란을 진압시켰더니

예전에 가리웠던 허공까지 드러나
반세기를 넘게 버텨오던
세 곳의 철옹성이 모두 무너져서야

세상 곳곳에 고마운 어금니들을
내 까마득히 잊고 살지나 않았는지

중추가절에 차린 성찬도
맛도 모르고 우물우물
속도도 뚝- 절반 이하로 떨어지고 나서야
예전에 미처 몰랐던 보석 같은 소임을
진정으로 깨닫게 되는구나

그들이 서운하여
등 돌리기 전
마음에 닿는 은혜 갚으며
속물 같은 속성을
버려야겠구나

홍성 땅

홍성 땅에는 김또깡 아버지의
통쾌한 승리의 소식이 있고

또한 산골 초가지붕 아래
대쪽으로 태어나 민족의 스승이 된
승려 한용운의 그림자와

고려 말 요동 정벌의 서사시를 쓴
만고의 충신 최영의 사당이 있다

홍성 땅에는
어찌 세상에는 없을 법한
보물들이 이리 많은지

용봉산에 올라 사방을 둘러보니
이곳에 혼과 뼈를 묻고 싶은 마음이
되는구나

낙엽 소식

어젯밤 일기예보에
아침 기온이 빙점으로
낙하 한다기에
몸과 마음을 잔뜩 움츠리고 출근을 하는데

아파트 길가에 은행나무도
지레 겁을 먹었는지
푸른 여운이 태반은 남은 잎들마저도
무수히 뿌려놓아

아파트 관리인은
떨어진 잎들을 폐지처럼 긁어모으며
쓸고 있는데

관리인 볼세라
나도 남은 가을의 이파리들을
슬금슬금 털어가며

출근길
나목이 되어가는 가로수들처럼
거센 바람에도 굴하지 않는
겨울을 준비해야 되겠다 생각하였다

분리수거

어린 소녀 서넛이 또르르 나와
아파트 분리수거 부대 앞에 오더니
각자 누런 종이봉투 하나씩을 휘익 던지는데

이미 쌓인 비양심의 둥치 어귀에
나뒹구는 폐지, 우유병, 가루 비누통, 통조림통들

이역만리 떨어진
북극 설원까지도 먹거리 황폐화로
아사의 눈물을 반찬으로 하고 있는
흰곰 가족과 바다코끼리의 가족의
절절함을 모르는지

아이는 어른의 거울이라는데
어찌 아무런 양심의 거리낌 없이
이 땅을 저리 어지를 수 있는 것인지

우리는 모두 잠깐 왔다가는 순례자일 뿐
생명을 잉태하고 기르는 하나뿐인 지구를
억만년도 더 가도록 고이 물려주려면
걸어온 뒤끝을
깨끗이 분리수거 해야 되겠다
생각하였다

비행기는 순례자인 양

태평양을 건너는 비행기에 몸을 싣고
창공에 올라서면
세파에 상한 심신이 쉴 만한
끝없는 초장이 눈앞에 나타나고
흰 구름은
선한 목자가 되어
양떼들을 몰고 오는데

때로는 여름 바다
그 모래 벌에
천국인들을 다 불러놓고
멋진 향연을 베풀기라도 하는 듯

비행기는 만사를 다 초월한
순례자인 양
그리운 저 머나먼 본향집이나 가는 듯이
모진 바람 마주하며
정처 없이 날아가네

낙타는 간다

낙타는
몰아치는 모래바람
열사의 열기 속을
뚜벅뚜벅 걸어간다

아득히 먼 곳에서 흘러오는
물 냄새라도 영혼에 위로 삼고

한 발 한 발 긴 다리를 내뻗으며
벌룽대는 큰 코로

갈급하나 차분히 자유와 평등 평화의 길을
인고의 아리랑 길을
낙타는 오늘도 타박타박 걸어간다

첫눈

축복의 노래가 내린다
풍성하게
가진 자 더 가지라고
쌓인 곳에 얹어서 쌓인다

지난날, 미움, 절망, 실연
사무쳐 할 말 많아도
덮으라고 그냥 넘어가라고
덮은 곳에 더 덮으며
하늘에서 소식이 내린다

이 산도 저 산도
어느새 평정이 되고 말아
자랑하던 높낮이가 무의미해지고 마는구나

너와 나의 입속에서 독설은 가고
포근한 엄마 품 같은 포용만 남아
온 세상이 솜이불로 다 덮이는구나

보도블록 잡초

생명의 존엄을 엄연히 선포했음에도
없는 듯 깔아버린 보도블록 위로
어느 덧 잡초가 한 자나 올라왔구나

불로 막고
물로 막고

　　　　바람으로 막고
　　　　핵으로 막는다 해도

　　　　험악한 날엔 겁박으로 차마
　　　　숨죽이고 있지마는
　　　　모든 씨앗은 생명이 있는 한은
어떤 난관이라고 무릅쓰고
기어이 깨어 일어나는 날을 맞이하고 만다

억누르면 누를수록
더욱 반란을 꿈꾸며
작은 틈새 하나라도 비집고
기어이 올라오고야 만다

강아지풀

아름아 이게 무슨 풀이니
강아지풀

　　대전에서 조금 교외로 나가면
　　　도시와 농촌이 동거하고 있는
　　옥천군 이원읍이란 곳이 있다

　　계절풍이 몰려오면서
　　　폭력의 장마 분위기가 음산한 유월에
　　　　교회 담 주위에 거주지를 둔 풀들은
　　　　　푸른 기운을 잔뜩 뿜어대며
　　　　　하늘로 하늘로 생존을 다투는데

천지창조 셋째 날 이래로
강아지풀은 늘 몸이 약하여
발꿈치를 들고 하늘을 바라보아야 하고
단 일 년도 못 살게 지어졌지만

억만년의 세월을 지키며
오늘도 씨만은 실하게 맺는
사명에 투철한 강아지풀이 있었다

원점

땅끝에서 땅끝까지
철마는 밤을 달려왔는데
역무원은 부산—서울을
서울—부산으로 즉시 뒤바꾸며
다시 돌아가라 성화를 부린다

목적의 꿈만을 그리며
혼신의 노력으로 예까지 달려왔는데

세상을 은밀히 통제하고 있는 검은 손이
생의 조건들을 뒤바꾸며 향방을
대책 없이 흔들어 놓는 것처럼

돌아가라면 어디로 가란 말인가
꿈을 거두고 원점으로 가고 있는
지친 철마의 발걸음

은행은 나의 스승

매일 아침과 저녁에 늘 지나다니는 길인데
섬뜩 허전한 마음에 위를 쳐다보니
어느덧 은행잎은 다 떨어지고
하늘하늘 몇 잎이 매달려 허공만 흔들고 있구나

은행은 교주처럼
한여름을 떠들고 있었지요
그때는 참 찾아오는 친구도 많았지요

이렇게 한순간 다 날려버릴 양이면
뭐 그리 대단하게 잎을 키우고
온갖 영양소를 공급하느라
비바람 치는 날에 가슴 치며 한탄하며
구곡간장을 녹여왔는지

그때는 그래야만 한 것이었지
그 일을 하지 않았다면
오늘 이처럼 개운한 기분으로 대지 위에
서 있지를 못 하겠지요

가지마다 시간은 썰물처럼 빠져나가고
가슴 허전한 여진이 쾅쾅
울려온다

그 후

다시 산과 들이 차린 가을 향연이 깊어가고
더 없이 높아진 하늘을 바라보면
문득 그가 생각이 나서 울컥 목이 메인다
최선을 다해서 몹쓸 병마를 이기겠다던 그였지

싸늘한 정적만 짓누르는
그의 찬 얼굴을 두 손으로 어루만지며
끊어지듯 아픈 가슴을 억누르고
"잘 가세요"
회한의 손을 놓아야만 했었지

영원히 이별이 있지 않을 것 같았던
우리 사이에도 때가 찼음인지
하나둘 급하게 돌아가는 이 계절에

어제도 스마트폰의 마술에 걸렸던
한 젊은 여대생이 차 사고로 압사했다는
소식이 들려오는구나
그의 부모님은 자식을 가슴에 묻으며
또 얼마나 애곡할까

2부

내려놓음

봄여름을 태우던
정열이 아쉬워
이 산 저 산 불을 지르면

무르익은 은행잎들
거리마다 하늘마다
뒹굴고 날리는
가을은 깊어만 가는데

바람 불고 눈 내릴 때
벗어버림으로써
나목裸木의 상쾌함을 휘파람 불고 싶은지
번뇌 털 듯
잎들을 아낌없이 털고 있는 나무들을 보며
과연 나는 무얼 내려놓아야 할지

님이여
죄짐 다 내려놓고
그대 품에 안기면
나도 휘휘 휘파람 불 수 있을는지요

내 고향 화성에서

태초에 하늘이 열려
우러를 수 있었을 때
내 드넓은 우주였던
나의 고향 화성을
떠난 지 삼십 년 뒤에
다시 돌아보니

언제나 배움에
한 맺힌 어머니가
공부하여 출세하라
논 팔고 밭 팔던
마음속의 내 고향은
과거를 상실한 채
빈 들은
빼곡히 아파트 숲으로 가득한데

그래도
과일들 다 익으면
바구니 가득 싣고
좋아라 선생님 찾던
사색의 내 동산 오솔길은

이제 추억의 명곡 되어
고향 길 한 걸음 한 걸음 걸을 때마다
전자건반 짚어가며 연주하듯
고향을 노래하고 있네

그 어르신

신산辛酸의 경험으로
박사학위를 받고 떠나던 날
헤어짐이 섭섭하여
손을 흔드시던 그 어르신
지금은 어디서 무얼 하시고 계시는지

후덕하시던 그분의 춘추
벌써 팔십육 세
연륜의 무게가 버거우실 텐데

박사학위 받으면 제가 크게 대접을 하오리다
약속을 하였건만
아! 그분 사랑의 은혜를 갚지 못하고 있구나

교정의 나뭇잎이 빨갛고 노랗게
저마다 재간을 뽐내며
팔마다 주렁주렁 달고 있는데

가을이 왔을 이국의 산천을 떠올리며
떠나왔던 그곳으로 되돌아가고 있는 기러기 떼를
하염없이 바라보네

축복받은 결혼예식 날에

아담과 이브가 결합하던 날에
신은 "좋도다" 말씀하셨네

태평양이 고요히 물결치며
대서양이 기쁨으로 춤을 추는
고대하고 꿈꾸던 꿈이 이루어진 이 날에

 그랜드 캐년이 높이 일어나
두 손 모아 박수 치고
나이아가라 폭포가 온힘으로
폭포수를 쏟아 붓듯 하는데

성난 천둥과
휘도는 토네이도와
타는 태양과
사막의 찌르는 전갈도
극복하도록

신이여 새 아담과 이브의 행진하는
팔과 다리에
충만한 힘과 자양분을 공급하소서
축도를 올리고

고요히 귀 기울여
신의 속삭임을 들어보면
이 축복받은 결혼예식 날
신은 "아주 좋도다!" 말씀하시네

두만강 발원지

민족투쟁의 역사가 스며있는
한국 어느 들과 다르지 않는 그곳엔
한이 배인 눈물처럼
펑펑 쏟아내는 샘물
마를 줄을 몰라

이 범상치 않은 발원의 한 줄기
실개천으로 여울져
두만강이란 이름으로 흐르지만

이 강이 그 경계의 강이 아니라
다른 강이라는데 거기는 어디인지

그 혼동으로 인하여
날아간 간도처럼
우리의 핏줄도 잘리어 나가
머리 잃은 가지인 양 중국에 붙어 있는데

조선의 암울한 운명으로
중귀런中國人이 되어버린 조선족들
신산辛酸의 고배를 마시며
허기진 배를 움켜쥔 세월이 그 얼마인지

아픔을 넘어 찬란한 꿈을 꾸기 위해
우리 민족 참회의 샘으로 오늘도 요동치고 있는
통곡의 샘이여

가난한 유학생

모든 것을 조국에 두고
구만 리 먼 길을 달려와
이국땅에서 희생을 감내하며
찬 이슬 밟으며
지식의 드넓은 바다에서
진주를 찾아 헤매는
가난한 유학생

저기 저 고개를 넘어
조금만 더
갈급한 영혼으로
깊은 학문의 샘 속에
허다한 낮과 하얀 밤을 바치며
신이시여 오로지
지식의 금 사슬과
지혜의 면류관을 쓰게 하소서
날마다 무릎 꿇고 기도하면

충만한 은혜가 차올라

배고픈지 모르는

가난한 유학생

그곳은 안녕하신가
– 광평(廣坪) 김일성 낚시터에서

김일성 주석이 낚시를 하며 주체사상을 구상했다는
광평廣坪 두만강 여울물은
살을 에는 듯 차고
수정같이 맑은데

건너편엔 결코
적이어서는 안 될 북한 어린 병사가
한 마리 노루같이 쪼그리고
우리를 바라보고 있었네

"안녕하세요?"
여럿의 인사 소리에
병사는 뒷걸음질치는데

소리는 여울져 국경을 건너 메아리로
천파만파 간절한 마음 되어 날아갔네

아뿔사
피는 물보다 진한 것
차라리 잠자코 쳐다보고
손만 흔들 걸

딸의 성공

크리스마스 이브
아빠를 찾아오는 줄도 모르고
낯선 아저씨 손을 잡고
비행기를 타고 오면서
내내 울었다는 말을 듣고
가슴이 아려왔었네

어린 몸이 무릎 아래
칭칭 감겨오고
미끄럼틀에서
동무에게 "찰칵" 하고 손을 내젓던 네가

이제 어엿한 사슴 같은 숙녀가 되어
아빠의 고생을
모두 덜어주려는 대견한 네가 되다니

너의 약속대로
멋진 차를 사주지 않아도
이미 난 포만의 배를 두드리고 있구나

딸과의 춤

세상일에 쫓겨서 살다보니
세월이 쏜살같이 날아가
어느 사이 네가 성년이 되었는지

이제 소통이 잘 되어
아빠를 이어주면 좋겠다 싶었더니
한 청년을 만나
새둥지를 트는 건가

검둥이도 덩실덩실
달님도 벙긋벙긋 웃듯
너의 허리 잡고

손을 맞잡고 돌아가며

신혼의 단꿈을 꿀
사랑하는 내 딸아 우리 아가야
처음처럼 오래오래 꿈꾸어라
아빠 걱정은 말고
주님께 간절히 기도한다

새 고향
−가오 지구 모델 하우스에서

바람에 불려온 대전에
둥지를 틀려고
식장산을 바라보는 가오 지구에
아파트 삼십육 평에 당첨을 하고

앞으로 될 내 집과 똑같은 모델 하우스를
오며 가며 지나다 둘러보고
괜스레 들락날락
커피도 얻어 먹는구나

거실의 소파 위에 조용히 앉아
불도저가 밀고 가는
시뻘건 황토를 바라보며
새 고향의 아늑한 나의 보금자리를
꿈꾸어 보는데

이 세상에서 집을 짓는 피조물은
인간만이 아니지만
이렇게 대대적으로 산을 밀고
벽을 높이 쌓아 하늘을 찌르는
엄청난 건설과 파괴를 일삼는 인간은
과연 누구를 닮은 피조물인가

하나님을 분노케 하던
바벨탑이여

꿇어앉아
하나님께 참회한다

은반의 여신
—김연아의 2010 밴쿠버 올림픽 피겨 스케이팅

칼날 위 샤먼의 신들림인가
에스더의 필사적 구원의 손짓인가
절제된 선율 위에
깃털이 되어 나는 백조여

칼날 위에 생명체가 직립하는
위험천만의 아슬아슬함이여

두 손을 모으고 퉁탕거리는 가슴으로
여신의 손끝과 발
몸짓을 따라
영혼의 시선은 곡예를 하는데

사분 십 초가 흘러가고
긴장했던 순간이
봇물 터지듯
환호성에 파묻힌 태극기가
복받쳐 오르는 감동처럼

세계 곳곳
펄럭이는 것을 보았다

난 가슴에 손을 얹고
코리아인임이 너무나 자랑스러워
나도 모르게
국기에 대한 맹세를 하고 있었다

발상의 전환

눈은 물안경같이 부릅뜨고
입술은 톱날같이 악무는 열정으로

갓은 생선은 물밑으로 달려도
수면 위로 비행하는
발상의 전환으로
달아나는 날치의 지혜로

시모노새키항을 향해 가는 뱃머리가
물살을 가르며
제아무리 바람같이
내달린다 해도
생각하는 놈은 정복되지 않는다

그가 간 일 년 뒤

더없이 높아진 하늘을 바라보면
형님이 생각이 나서 더욱 허전하다
도대체 어디 있는 거야

길을 지나다가
이제는 이름이 바뀌었지만
청년 시절 열정으로 부흥하기를
간절히 기도하던 그 교회

테라스를 밟고 올라서니
정든 얼굴들이 나타나 말했다
이 테라스를 착한 형님이 만드셨다고
그가 남겨 놓은 물거품 같은 흔적이라고

표정은 애써 진정하려 하지만
가슴은 아 절절히 외치고 있다

어머니의 치매

네가 누구냐
한참을 생각타가
너 어디 사냐

인지의 속도는 뙤약볕 신작로를
굴러가는 육십 년대 소달구지

또 한참을 기다리다가
세월을 주름잡아
이번엔 전광석화와 같이
네가 찬수 아들이냐

나 지나온 고비마다
수 주일씩 금식하며
용의주도하게 기도하시던

그래서 내 가슴이 더 무너져 내리는

큰 바위 내 어머니의

기약할 수 없는 치매

가을 산의 합창

산허리를 휘돌아
유행처럼 번지는
단풍의 물결

감동을 담아
온몸으로 부르는
우주의 대합창 소리

이 깊어가는 가을에
웬 황홀한 공연인가

버림의 순간에
붉은 잎 노란 잎
석양에 반짝이며

히브리 노예들의 합창처럼
이 산 저 산
장엄한 춤과 음률을 토해내는 단풍

그 무슨 높은 계시의
소망을 바라보기에
곧 사라지면서도 성대하게 치르고 있는
우주를 울리는 예식인가

아름다운 미소

그는 손을 흔들고 있었다
수유 국립재활원 마당까지 나와
어서 들어가라고 손사래를 쳐도
돌아보면 여전히 손을 흔들고 있었다

그녀의 과거는 찬란했다
개발시대에 목회자로
결혼도 하나님께 반납하고
영혼구원에 매달렸다

다시 돌아보니
휠체어에 앉아서 천사처럼
여전히 미소를 보내고 있었다

그녀의 첫 번째 뇌수술은
실패하여 죽은 목숨이나 마찬가지였다
두 번째는 가볍게 쓰러져
간단히 처치하고 목숨을 건졌다

지난해 갑자기 냉해진 겨울
주일엔 교회에 가려
차를 타다 쓰러져
정말 죽은 목숨이나 다름없게 되었다

의식 없어 낙엽같이 누워있는 얼굴에
제발 돌아와만 달라는
애원을 저버리지 않고
다시 미소를 짓고 있는 그

지천으로 낙엽은 지는데
그는 생의 마지막 순간을
소망의 미소로 보내고 있었다

3부

생애의 꽃

동토의 서릿발과 칼바람도 이기고
얼마나 진지하고 세밀하게
준비하였길래
밀물같이 남에서 북으로 차례로 밀려와서
지휘자의 지휘봉에 따르듯
꽃들은 수를 놓는가

매화는 이미
생애의 최고의 꽃망울을 터뜨리고 지나갔고
어느덧 상앗빛 목련은
기도하는 순수의 손으로
하늘에 기도하는데

언덕마다 담장마다
대학생 우리 딸 글줄에다
노란 색칠하듯
눈을 잡아끄는 개나리

이 봄의 절정을 수놓으려는 듯
벚꽃은 눈송이같이 가지 위에 풍성히 피어나서
다정한 연인들의 팝콘보다 더한 낭만을
선물하고 있는데

이제 곧 진달래 철쭉 너희들도 차례이니
놀랍도록 아름다운 축제의 순간에
가장 아름다운 각자각자 생애의 꽃을 피워
이 강산에 생명이 넘치는 찬미를 부르지
않으련

왜플 하우스
−미국 미시시피 시골 마을에서 커피를 마시며

내달리는 자유로
밤과 낮 엔진 소리에 지쳐버린
나그네 기사들은
검정 글씨 왜플 하우스에
크고 큰 트레일러를 세워두고
에그 프라이와 커피 한 잔을 앞에 놓고
목을 축이는데

남부의 컨트리 뮤직 멜로디에 취한
잠깐뿐인 인생의 휴식처에서
또 갈 길을 준비하는
덥석 수염 나그네

달려온 길은 길고도 먼 듯했는데
또 남은 인생의 길은 얼마이랴
가야 할 길이 아득하더라고
인생의 요점과 방향을 잃지 않았으면

우회도로

한반도엔 사고 난 지 육십 년이 넘었건만
아직도 우회도로 흐름이 번잡하네

돈이 없어 보험을 못 들어 그런지
좀처럼 사고처리 실마리를 풀기 어렵고

서로 책임을 나무라며
수백 마일 사선을 사이에 두고
아까운 청년들의 시간과 에너지를
쏟아 붓고 있구나

육로로 잠깐 달리면 그만인 걸
서해로 동해로 배를 타고
비행기로 빙빙 돌아
어지럽게 돈 더 들여 낭비를 하면서

더구나 요즈음은 잔뜩 뿔이 났는지
들려오는 소리가 온통
죽음의 소리뿐이로구나

언제쯤 보장 좋은 보험 들어
어린아이 같은 입씨름을 그만 하려나

민족의 대이동

"땡땡" 알리는 추석명절 연휴에 맞추어
홍수를 만난 개미 군병들의 발맞춤인지

기차역과 버스 터미널은 물론
도로마다 대단한 차량의 파이프라인으로
민족 대이동은 북새통을 이루고

서울서 대전까지 네 시간
부산까지는 일곱 시간 반
평소보다 모든 게 배 이상 걸리는
이 기이한 수천만의 대이동 현상으로
나라는 갑자기 온통 홍역을 앓는데

우리 민족의 이 귀소본능은
디엔에이DNA의 어느 구조에 속할까

어버이 계신 고향 마을로 달려가는 마음은
생체 시계보다 더한
때만 되면 근질근질 돋아나는 날개의 본능인지
명절만 되면 철새가 되는
우리 민족의 귀소본능이여

선교사

아직 동방에 여명이 밝아오기 전
아득히 멀고 먼 해외에서
가슴에 타는 성령 하나로
그 험난한 파도를 넘고 오신 그리스도의 사도

그들 육신은 비록 처형당했어도
뱃길이 닿던 한강수 어귀 양화진에
죽음을 초월하여 부활의 화신으로
생명나무로 푸르게 자라고 있구나

육신은 죽어도
영혼이 영원히 사는 영광을 보기 위하여
횃불 같은 장수의 파수꾼을 세우고 살다가
영원한 나라에 사뿐히 가신 선교사여

그들 피의 대가로
가시관의 찔림을 받는
우리의 양심이
골고다의 십자가를 메고 있어

오늘 이 땅에 영화로운 그들 이름으로 덧입은
사명으로 불타는 도도한 물결이
고목에 싹이 나고
마른 땅에 샘물 솟듯
부활하는 부활이 우연이 아니로구나

육신은 죽어도
영혼이 영원히 사는 영광과
또 다른 영혼이 갱생하는 꿈을 보고 싶어
필마단기로 광야에 나섰던 불멸의 선교사여

남쪽 나라에서 온 제자들

해말갛게 웃고 있는
제비의 고향
남쪽 나라에서 온 제자들이여

때로는 한국어 실력이
나를 놀라게 하는데
향학열은 타는 용광로 같구나

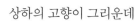

식료품 매장에서 보던
적도의 향을 품은 귀한 열대 과일들이
그들 고향 산 나무에 주렁주렁 매달려 있듯
　　　　　　　　상하의 고향이 그리운데

남몰래 알밤을 쥐어주면
특별한 호기심으로 감사하며
코리아의 맛과 인심을 맛보는
남쪽에서 온 귀하고 귀한 나의
제자들이여

제비 가족

늦가을이면 숨 가쁘게
정든 둥지 살림살이를 고스란히 남기고
피난민 보따리를 싸야 하는
제비들에게는 늘 미안했다

왜 하필이면 사시사철 머물지 못하고
냉탕과 온탕을 오가며
매년 음력 춘삼월이면 친정집처럼 찾아와
그동안 폐허가 되어버린
살림 동가리를 보수하는지

산에는 두리안, 망고 등 열대 과일이 늘 있어
입맛을 돋우는
늘 푸른 그 계절의 상하의 나라가 좋을 텐데

올해도 도시 한복판 추녀 밑 작은 둥우리에서
어김없이 재재대는 제비 가족을 보니
춘하추동 사계절이 역력한
우리나라가 좋은가 보구나

그러나 안타깝게도 치밀한 개발로 인하여
우리나라도 너희가 머물 둥지가 점점 열악해지니
미안하구나 제비야
너희들을 보지 못할 날이
곧 올 것만 같구나

문장대의 석조물
－속리산봉에 올라

억만년 숨겨 논 너의 비밀은
홍보석보다 귀한 것이기에
젖 먹던 힘 다 내어
딸깍 고개 올라야
비로소 너의 비경을 보이는 구나

그 누가 저 큰 돌들을 축조하여
낮에는 뜨거운 햇볕 아래
온갖 풍상 다 이기도록 하고
밤에는 고요한 달빛 아래
유유悠悠한 구름 흐르듯
자세를 갖추게 하였는가

계곡 위로 장쾌하게 뽑아 올려
억만년을 번듯이
우뚝 서 있는 것을 보면
과연 인간이 쌓았다면

그 유구悠久한 세월 속에
저리도 온전할 수 있을지

창조자는 문장대에
기념비를 세워 두고
"좋도다" 했을 게다
그리고 추신 "한국이여 복 있으라"
우주적 교향악을 연주했을 게다

빠삐용의 후예들을 보며

벚꽃이 눈보라 되어
거리에 날리고
산언덕마다
두견화가 눈부시게
진분홍 밭을 이룬
축복 받은 한국의 봄날

교도소 한 칸 한 칸
철문을 지난 후
걸친 옷이 푸르러 슬픈
빠삐용의 후예들을 만났다

멈춰 버린 세상을
감방 안에서
시간의 얼레를 반복적으로
풀었다 감았다 하는 그들을 보며
찬란한 봄이

이곳에선
오히려 슬픔으로 다가오는 것을

우리의 마음도
푸른 수의를 입은 것 같았다

자주 빛 목련

미시시피에도 자주 빛 목련이
다소곳이 피었네

불여귀 재처 울던 그 날에
환갑도 못 채우고 가신 누님이
초봄 일찍 돌아와
우아한 자태를 뽐내는 듯하더니

이월이 가기도 전
한 잎 두 잎
낙하하고 있구나

그리도 서둘러 지고나면
나 어디서 그 깊은 향기를
맡아 볼 수 있을지

시월의 마지막 날

주님께 영광 돌리며
금보다 귀하게 보내리라
송구영신 주님 앞에 약속했네

가고 오고 흐르던 시간 속에서도
대지진 쓰나미 처처에 일어나고
눈물로 울부짖는 소리가
텔레비전 화면에 넘쳐나서
내일을 기약할 수 없을 듯하였는데

아기 잎들이 자라 녹음방초 되고
땀 흘린 결실 바라보고
코스모스 꽃 속에서 연로한 은사님과 사진 찍고
지난여름 먼 나라 여행 갔던
추억 때문에 웃음 짓는
오 두 달이나 남아 있는
이 깊어가는 가을

감사하셔라 주님
눈부시고 고요한 석양처럼
은혜가 풍성한 계절이어라

황수관 선생님

그분이 남겨주신 말씀
"큰 꿈을 가지고
최선을 다하라"

그분이 소천하신 뒤에도
기차역 대합실 커다란 텔레비전 화면에는
그분의 입에서 떨어지는 말씀 조각마다
듣는 이들이 다 포복절도하더이다

너무도 웃기셨던 그분
별로 웃을 일이 없었던
대한민국을 정말 웃기시느라
참 수고가 많으셨네요

더 잘 웃기실 세상을 웃기시려 가셨나요
이 책갈피에 남아 있는 사인하신 말씀은
텔레비전에 비치는 그분의 얼굴보다
심오한 인격이 드러나네요

참회의 십자가

철문을 여러 개 지나서 한 방으로 들어서면
하얀 얼굴의 키가 크지 않은
러시아의 한 청년이 나를 기다리고 있었다

십수 년을 이런 곳에서
그는 귀한 시간을 썩히고 있었다

다들 억울하게 들어 온 감방이라
수형생활을 하느라 말을 잊었는데
방어운전 교육을 하듯
그들에게 한글을 가르치고
사랑이란 단어를 되살리고 있었다

어느 크리스마스가 다가오던 날에
그는 손을 퍼서 까만 바탕에 흰색으로 테를 두른
실로 짠 작은 십자가 목걸이를
내 손에 쥐어주었다

참회의 십자가를
감사의 표시로
한 땀 한 땀 쓰여진 눈물의 편지를

게의 긴 다리

저들이 그 긴 다리를 필요로 하는 것은
여덟 개의 다리로 빨리 걸어
가족들과 소풍을 가서

땀 식히며
두 개의 귀여운 작은 다리로
맛있는 점심을
먹기 위함이었군

아이고 그 지혜를
다 어디서 배웠노

정말 미안하구나
난 네 긴 다리가
내 기이한 식욕을
위한 것인 줄 알았지 뭐야

4 부

용정에 가면

용정에 가면
큰 거울을 만난다

일송정을 바라보면
푸른 솔이
푸른 깃을 세우고 있는데

넓은 벌을 지나는
해란 강을 바라보면
어느덧 말을 타고 달리는
내 마음

용정중학교에 가서
의를 목숨으로 지킨
옛 시인의 시비 앞에 서 있으면
내 영혼은 깊은 물 흐르듯 고요 속에 잠기는데

이기심과 황금만능주의로
목숨 걸고 달려온
나의 일생이
거울 속에 흉물로 비춰져

티 한 점 없이 깨끗해질 때까지
나는 수없이 나의 일생을 걸러내고 있었다

리오 그란데

아메리카의 큰 강 리오는
하필 세계 최고의 부국과
빈국을 마주하게 하여
오장육부를 다 내보이게 하는지

깃발이 아무리 바람에 펄럭여도
허기진 배에는
헛된 손짓일 뿐

빈부의 가시거리를
깊고 넓게 하는
경계의 강인데

남행은 자유로우나
돌아오는 길은
걸인들의 애원으로
희비가 교차되는

나라도 부모도 선택이 아닌
부귀와 영화의 갈림이
서글픈 리오강

* 리오 그란데: 미국 텍사스와 멕시코 사이의 큰 강 이름.

백두산 천지의 운무

웅대한 산을 병풍 삼은 쟁반 같은
하늘을 머금은 명경지수를 보고자
뺨을 치는 거친 바람
내리는 비를 마다 않고
우리 민족의 성산 백두산 천지에 오르니

마치 목욕하러
하늘에서 내려온 선녀들의 옷으로 뒤덮이듯
운무가 자욱한데

신비의 베일
벗기려 애쓰면 애쓸수록
태곳적 겹겹이 가려지는 천지

운무 속의 선녀들의 알몸
염탐하듯 사진에 담아
돌아서면
나는 어느새 설화 속의 나무꾼이
되어간다

그랜드 캐년의 콜로라도

장엄하고 붉은 형상으로
큰 날개를 웅비하여
아메리카에 앉아 있는
억만년 풍화를 견디어 온
그랜드 캐년이
구름 아래 펼쳐져 있는데

콘트라베이스의 저음으로
무너지듯 내려앉은 협곡 사이로
흐르는 콜로라도

캐년의 포식자 까마귀는
검은 깃을 자랑하며
비너스의 몸을 뽐내고
권력의 발톱을 남용하는데

없는 듯
바닥을 실같이 기어
낭비 없이 고요히 흐르고 있는
콜로라도여

숭산 세관*

두만강 작은 다리의 숭산 세관은
왜 늘 인적이 뜸한지

이념의 정점을 향하여
숙명의 길을 가야만 한다고
문단속의 거창하고 섬뜩한 구호만
푸른 하늘에 펄럭이는
빈부의 불연속이 적나라한 현장이라 그런가

저리도 꽁꽁 묶어
"아얏" 소리도 못하게 하면
끝내 속으로 폭발하고 말 핵폭탄은
무엇으로 감당할 수 있을지

목숨을 뺏고 빼앗기는 전장에도
지고지순의 사랑은 꽃필 수 있는데

저 5호 농장 너머
혹한과 사막에도
과연 사랑이 꽃필 수 있을까

* 숭산 세관: 연변지역의 북한과 중국 사이 변경에 있는 세관.

구다라(百濟) 관음상

귀하고 귀한 문화유산으로만
아기를 다루듯 갈고 닦고 매만지는
기특한 니혼진日本人의

호류지法隆寺의
팔등신 허리의 절묘한
백제의 미소 구다라 관음상

천사백년의 세월이 찰나처럼
장인들의 찬란한 예술혼이
아즈카의 향불 속에 은은히 타오르고 있네

선린우호의 간절한 정성으로
니혼日本의 정신을 흔들어 깨웠던
보배로운 선조들의 흔적이 역력한데

쇼토쿠의 지극한 효심으로

절로 영험이 있어

굽어보는 불후의 미소여

태샨(泰山) 이위황딩(玉皇頂)에서

태샨에 중천문中天門을 돌고
칼날 같은 비탈에 옥계玉階를 한 단 한 단
땀방울에 비비고

남천문南天門을 숨가삐 지나
티엔지에天街를 들어서니
허공에 걸려 있는 하늘 길에
신선들이 오락가락한데

세속에서 뒤집어쓴 오물을 다 털어버리고
태샨泰山 이위황딩玉皇頂에 호쾌히 올라서서는
청풍을 마주하고
만물을 구름 아래 두었구나

기암절벽 계곡에 청청한 솔이
충성스런 신하인 양 다 절하니

이제야 난 황제가 부럽지 않고
어릴 적 꾸었던 그 꿈속에 서 있는 듯하도다

* 이위황딩(玉皇頂)은 중국 산동성 태안시(泰安市)에 있는 태산
의 최고봉. 해발 1,545m.

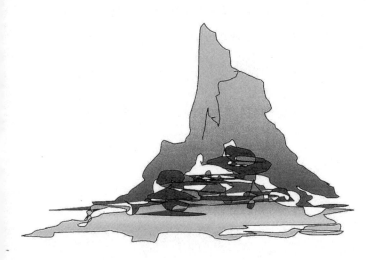

콩린(孔林)

어지럽던 춘추시대
동방에 금성金聲과 옥진玉振을 울렸던
성인의 육신이 있는 무덤 앞에 서 있으니
유인儒人은 아니로되
머리가 절로 숙여지는구나

그 스승의 그 제자를 알아볼 수 있기라도 하듯
즈공子貢의 묘지기 집 간이 초라히 그 옆에 서 있는데
육 년 묘를 지켜 스승에 존경을 다 했다니

요즈음 사제지간 그런 예禮를 바랄 수는 없겠지만
마음속에라도 존경과 사랑이 남아 있을까

문명으로 핑계할 수 없는 듯
향나무는 만년을 지키며
콩즈孔子님이 걸었던 거리들을
굳건히 지키고 서 있구나

* 콩린(孔林): 공자님의 고향 취후(曲阜)시 북서쪽에 있는 공자님
의 능이 있는 곳.

미미스까(耳塚)

적장은 도요쿠니(豊國) 신사에
눈을 내리깔고 서 있고
도로가 봉우리 미미스까(耳塚)엔 비가 내리는데

임진년과 정유년에 사무라이들은
조선에 지울 수 없는 칼자국과
서늘한 가슴에 피멍을 남기고도
빈손으로 오지를 않았었구나

참으로 무서운 악귀같이 휘두른 칼바람과
쏘아댄 조총으로 쓰러진
죽어서도 귀가 잘리고
코가 잘리도록 처절히 싸운
조선 오만五萬 군민軍民의 원혼

그때의 상혈 흐르듯
비가 내리네

* 미미스카(耳塚)는 일본: 교토에 있는 임진왜란과 정유재란에
왜군이 전공의 표시로 잘라온 조선군민의 귀와 코의 무덤으로
알려져 있다.

도다이지(東大寺) 한류 여신

비단 천 옷고름은 바람에 휘날리고
"후—" 하고 탱탱한 양 볼이 터져라
나팔을 불고 있는
나라(奈良)의 도다이지(東大寺)
향로 외벽 백제百濟의 선녀여

환희 높은 범음梵音으로
중생들을 위로하려 부르고 있구나

요즈음 일본열도는 한류 열풍을 몰고
난리법석을 떨고 있지만
천이백여 년 전에 이미
바다 건너 명성을 날리고 있는
한류 원조 백제의 젊은 여신이여

위대한 국책사업으로 조성된

절 마당 향로 위와 불자들 영혼 속에

오늘도 횃불처럼 타오르며

영원히 살아 있구나

앙코르 왓

그때 영화롭던 크메르 평원에
흠모한 비슈누가 살 수 있도록
황금과 낙원의 동산을 만들어
수랴야바르만은 세계 칠대 불가사의
앙코르 왓을 헌정하고

아득히 높이 모신 수미산須彌山에
석계를 겸손히 기어서 올라가
정성으로 제사를 드렸다는데

밀림의 바람같이
지금은 부귀와 영화는 간 곳 없고
둘러친 회랑의 벽과 석조물을 걸터앉은
코끼리 나무의 놀이터가 되어 버렸구나

방심하고 자만하는 자에겐
그 대가가 얼마나 쓴 것인지

고배의 잔을 마신 경험이 있는
우리에게도 그들 얘기가
먼 나라 신화의 기록만이 아닌 것을

전쟁과 가난에 찌들어 폐허에 누워서
철없는 아이들은 구름같이 방황하고 있는데
옛 영화의 향수에 애를 태우고 있는
서글픈 캄보디아여

* 앙코르 왓은 9~15세기 동남아 역사상 가장 크고 번성한 왕국
인 크메르의 수도.
* 비슈누는 힌두 삼 주신 중의 하나.
* 수미산(須彌山): 힌두교나 불교의 신들이 거주하고 있는 곳으
로 앙코르 유적지에서는 중앙의 가장 높은 탑으로 상징.

말레이시아 피낭의 과일 정원

상하의 숲으로 난 도로를 따라
적도향이 물씬 코를 찌르는
피낭의 과일 정원으로 달려가면

커피도 코코아도 타버린 무채색이 아닌
열대의 태양을 머리 벗어지도록 받아
어엿이 키워낸 원색의 황홀함이여

도깨비 방망이
두리안은 뼈개고
망고스틴은 뭉개어
적도의 영양을 마시면
창조주의 참 은혜가 목에 차오르는데
늘 푸르게 멈춰 서 있는 상하의 시계

벗고 뛰어도 부끄럼이 없는
에덴동산 같은 과일 정원을
철없는 어린 아이 같이 달려본다

미시시피 강의 봄

칠천마일 거리 한국엔
겨울이 문을 꽝꽝 잠그고 있어
봄이 범접을 못하고 있을 땐데
미시시피 강 남쪽엔 봄이 벌써
귀한 손님 모셔 놓고
풍성한 잔치를 베풀고 있네

치열한 전투력의 몽키 그래스와
수줍은 노란 꽃 민들레를 비롯
행운의 반가운 클로버
그리고 이름 모를 풀과 나무들
모두 함께 우주의 교향악을 연주하고

나무 가지 사이를
파드득파드득 날고 있는
검은 작은 새들도
창조주의 마음을 아는지
재재재 봄소식을 알리는데

분주했던 내 영혼은
옛일을 망각한 채
오묘한 섭리로
기쁨이 충만하여
비발디의 봄을 연주하네

연변 처녀

미소와 연변 사투리가 예쁜
그녀 말이
할아버지 고향이 전라남도
할머니 고향은 함경북도란다

먼 옛날에는 우리 조상들이 주인이었고
먹을 것을 찾아
독립운동을 위하여
다시 사업을 위하여
이동한 연변의 역사를 설명하는데

한국에 돈 벌러 간 울 엄마
괄시하지 말기를 부탁한다

한민족의 자의식을 가지고 있는
무공해의 연변의 처녀
그녀는 아름답다

닝샤의 늪

어머니 같은 닝샤의 늪

흔하디흔한 갈대숲이건만
물 위에 떠 있어
온갖 종류의 새들의 집이 되어주고
놀이터가 되어주는 자연이기에

잠시 지나는 객이라 할지라도
고요히 품어줄 고향 같구나

비바람에 부딪히며
온갖 고생 지난 후에
이곳에도 가을이 오면
갈꽃의 향연은 펼쳐지고
물과 하늘과 어우러진 새들의
군무로
장관이겠구나

황제 폐하

아무리 폐하라도
노도 같은 열강의 야욕 앞에
맨주먹으론 나라를 지킬 수 없었다

그 불같은 하늘의 경고를 잊는다면
이 세상에 그런 우매한 일은 없으리

오늘도 우리 주위는
녹녹한 게 하나도 없는데

용정중학의 사진 속에 계시는 폐하는
목숨 같은 자유와 독립
역사 위에 영영 펄럭이도록
내외에 부는 바람 똑똑히 보라고
우리 손 꼭 잡고 말씀하시는 듯하구나

도문의 두만강 나루터

북한의 국경 한 동네가
작은 강 하나 건너
빤히 바라 뵈는
도문의 나루터

한 남자가 갈대숲을 지나 염소를 몰고
간간이 다리를 막 건넌 트럭이
세관에서 검사를 받는
일상의 저 옅은 숨소리

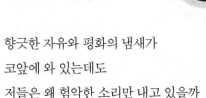

가만히 바라만 보아도
스멀거리는 피 끌림
저들은 듣고 있을까

향긋한 자유와 평화의 냄새가
코앞에 와 있는데도
저들은 왜 험악한 소리만 내고 있을까

송화강(松花江)

송화강이 어디런가
지도상에 찾아보나
가는 선들만 이리저리 뒤엉켜져
늘 오리무중이던 그 강이었는데

중국 길림시吉林市에 가보니
서울의 한강만큼이나
큰물이 되어 눈앞에서
부드럽게 도시를 어루만지고 있구나

낯익은 이름
고구려산성은 지척에 유적으로 남아
그때 그 사람들의
안타까운 이별을 아는 듯한데

현재 우리의 땅이 아닌 여기에
왜 옛 조상의 산성이 있는 것이냐

5부

환단고기

삼성조

열국

사국

남북국

이들은 그 뒤 조상 나라의
영광스런 이름이냐

근본도 없이 하염없이 떠도는
어느 역 대합실의 노숙자같이

강요된 기억상실증으로
막살고 있는
어느 거지에게 날아온
천지개벽의 소리

너는 내 아들이다
너는 내 아들이다

철도 파업

국제 관문인 인천공항
지하철역에
왠 보부상들이 난리인가

시민의 발을 담보로 잡고
내 밥그릇 깨질세라
흥정을 하는

먹거리를 앞에 둔
아프리카 정글 사자의
저 사나운 야성

크리스마스와 연말연시에
가족들이 받을 선물은
전부 물가고
나라의 안녕은 흔들흔들

메마른 봉사정신이 야속하여
세계인의 속마음은 부글거린다

그날은 더웠지

그때 그날은 정말 찜통 같았지
공항을 빠져나오니 다가오는 열기

열대어처럼 흐느적흐느적
열탕에 들어가 헤엄을 하는 듯

오랜만에 만난
유학 동문들
그들 기억 속에 똑같은 걸
추억을 하는 것만으로도
반가웁구나

그래
바로 그때는 젊음이 있었고
태어난 지 얼마 안 된
죄 없이 고생하는 아이들도 있었지

무엇보다도
공부하여 학위를 얻으면
생이 바뀔 거라는 믿음 하나에
파랑새의 꿈은 하늘을 날았었지

그 뒤 인생의 후반전을 달리고 있는
그들 이마에는 중후한
금자탑이 커가고 있었다

불꽃놀이

펑, 펑, 쉬잉, 파바박
먹물로 칠해 놓은
밤하늘을
수놓는 불꽃놀이

둥글둥글 수국꽃
별이 빛나다가
"사랑한다" 마음 사인

밤하늘에서 번진 사랑이
눈에서 마음으로
인터넷으로 흘러가
줄 닿는 곳마다
펑펑 꽃이 피네

머나먼 곳에 있어
잊혔던 사랑하던
이에게로 벗에게로

빈부의 골 깊은 차이로
희망을 말하기 힘들고
전쟁과 미움이 가득한 곳
지구촌의 상한 영혼에게도

사랑과 소망의
기분 좋은 행복 바이러스는
번져가고

새해를 맞는 희망의 물결이
희열이 되어 출렁이네

약속

창가에 기대어
바라보는 목련의 가지 끝
아기 솜털 입은
봉오리 속엔
어느덧 희고 환한
목련꽃 한 송이
고이 준비하고 있구나

이십 수년을 그대는 내 창가를 지키며
나의 친구가 되어주고
지면 피고 지면 피고
기다리는 내 마음에
한 치의 어긋남이 없었지

이제 나 머물 시간도
카운트다운을 하고 있어
가뭄 속 둠벙물처럼
가속이 붙어 말라가고 있는데

머지않아 그대가 나에게
당연한 듯이 하던
이 창가에서 맺던
그 약속이 아쉬워 울기 전에

하나둘 과체중의
짐들을 모두 털어버리고
가볍게 가볍게
그대에게 손만 흔들며
떠나게 될
나에게

올해도 예쁜 꽃 한 송이
정에 물든 가슴에 묻어주려고
지극한 약속을 지키고 있구나

올림픽 메달

인간의 욕망을 가로막는
세계의 나라들이여
인권을 한낱 도구로 전락시킨
나라들이여
경종을 받을지어다

산 같은 옹고집으로
억누르고 호령하는
권위의 굴레들도
물러갈지어다

인종의 굴레를 빙자하여
청춘의 뻗어가는 소망을
양발로 밟고 있는
차별 자들도
물러갈지어다

스케이트의 날선
규칙 하나에 기대어
자유는 달린다
씽씽씽

얼음판이 제아무리 미끄러워
무릎은 깨지고
엉덩방아를 찧고
넘어져도
일어나

인간의 한계를 넘어
지칠 줄 모르고
자유의 영혼은 달린다

메달 메달
올림픽 메달
아름다운 해방이여
지구촌의 축제여

깨달음에서 비롯된 내면의 울림

박효석

(시인, 월간시사문단 회장, 경찰대학 미석문학 지도교수)

　시인들은 왜 詩를 써야 하는가 또는 쓰지 않고는 왜 못 견디는가에 대한 질문에 있어서 돌아오는 대답은 대체적으로 두 가지로 요약될 수 있다 하겠다.

　첫 번째의 대답은 숙명이라 할 것이고 두 번째의 대답은 사명감이라 할 것이다.

　그런데 재미있는 것은 이 두 가지를 놓고 형성된 시인의 과정을 살펴보면 첫 번째 숙명이라고 대답한 詩人은 타고날 때부터 詩人의 운명을 타고났기에 처음부터 詩人의 길을 걸어온 詩人이고 두 번째 사명감 때문에 詩를 쓴다는 詩人은 다른 길을 걸어오다가 후에 詩에 입문한 詩人이 대체적으로 많다는 사실에 주목할 필요가 있는데 최찬수 詩人은 후자에 속한다고 보면 맞을 것 같다.

　첫 시집 『내 마음 읽어주소』를 보더라도 그가 평소에 얼마나 사회에 호소하고 싶은 말이 많았는지 알 수 있는데 호

소한다는 것은 곧 사명감에서 비롯된다고 말할 수 있을 것
같다.

　최찬수 詩人이 어린 시절 백일장에서 상을 받았다고는
하나 그렇다고 詩를 쓰지 않고는 못 견디는 숙명적인 타고
난 詩人은 아니라고 본다.

　최찬수 詩人은 이학박사로서 공학도의 길을 걸어왔고
대전대학교 응용화학과 교수로서 오랫동안 공학도를 양성
해오다가 근자에 詩人으로 입문했기 때문이다.

　　한반도엔 사고 난 지 육십 년이 넘었건만
　　아직도 우회도로 흐름이 번잡하네

　　돈이 없어 보험을 못 들어 그런지
　　좀처럼 사고처리 실마리를 풀기 어렵고

　　서로 책임을 나무라며
　　수백 마일 사선을 사이에 두고
　　아까운 청년들의 시간과 에너지를
　　쏟아 붓고 있구나

　　육로로 잠깐 달리면 그만인 걸
　　서해로 동해로 배를 타고
　　비행기로 빙빙 돌아
　　어지럽게 돈 더 들여 낭비를 하면서

더구나 요즈음은 잔뜩 뿔이 났는지
들려오는 소리가 온통
죽음의 소리뿐이로구나

언제쯤 보장 좋은 보험 들어
어린아이 같은 입씨름을 그만 하려나
                            ㅡ「우회도로」 전문

이번 시집에는 「우회도로」를 비롯 「분리수거」 등 詩人이 당당하게 세상에 던지는 詩도 많지만 은유적으로 세상의 현상을 암시하는 詩도 많은 것이 특징이다. 이것은 아마 최찬수 詩人이 시인의 말에서도 밝혔듯이 詩는 시대를 반영해야 한다는 그의 시 창작에 대한 관점에서 비롯되었다고 생각된다.

멈춰 버린 세상을
감방 안에서
시간의 얼레를 반복적으로
풀었다 감았다 하는 그들을 보며
찬란한 봄이
이곳에선
오히려 슬픔으로 다가오는 것을

우리의 마음도
푸른 수의를 입은 것 같았다
                      ㅡ「빠삐용의 후예들을 보며」 중에서

위의 詩를 보면 직설적으로 우리에게 호소하고 있지 않지만 오히려 더 우리의 가슴을 섬뜩하게 한다. 그가 이야기하고자 하는 울림이 더 가슴을 파고들고 있기 때문이다.

축복의 노래가 내린다
풍성하게
가진 자 더 가지라고
쌓인 곳에 얹어서 쌓인다

지난날, 미움, 절망, 실연
사무쳐 할 말 많아도
덮으라고 그냥 넘어가라고
덮은 곳에 더 덮으며
하늘에서 소식이 내린다

이 산도 저 산도
어느새 평정이 되고 말아
자랑하던 높낮이가 무의미해지고 마는구나

너와 나의 입속에서 독설은 가고
포근한 엄마 품 같은 포용만 남아
온 세상이 솜이불로 다 덮이는구나

—「첫눈」 전문

그가 또 잠언적인 명언을 세상에 던진다.

그의 나지막한 목소리가 릴리시즘을 타고 눈처럼 소복 소복 쌓인다.

새로운 세상, 그가 꿈꾸는 세상 아닐까?

청목(靑木)과 고목(枯木)은
산 자와 죽은 자가
공존하여 배려하며
낮은 데로
낮은 데로 생명권의 인수식을 하는 듯

꺼져 내린 지층으로 삐져나온 기이 묘한 암벽들이
성례식에 기립하여
박수를 보내고 있구나
　　　　　　　　　　　　－「백두산 지하 삼림」 중에서

비바람이 불면 불수록
이리저리 흔들려도
끝내 꺾이지 않고
하회탈처럼 웃고 있을
한국의 갈대가
대한민국 전역에서 흔들리고 있네
　　　　　　　　　　　　　　－「갈대」 중에서

위의 詩들을 보면 그가 얼마나 시적 표현이 뛰어난지 알 수 있다.

사물에 대한 새로운 인식과 새로운 표현을 한다는 것은
참으로 어려운 것인데 그가 그동안 얼마나 열심히 시작에
충실하였는지 위의 작품들을 보면 알 수 있을 것 같다.

어찌 밤하늘에 나는 게
여름밤 잠 못 들게 하는 모기뿐이며
풀섶에 명멸하며 반짝이는
반딧불뿐이랴

사랑에 눈멀어 수만 리를 날아가는
불나방도 있고
불만 켜면 달려드는 풍뎅이도 있듯

깊은 바다에 납작 엎드려 가자미처럼
모두들 사랑 앞에선
사시(斜視)를 하고 살아가지만

난
서로를 내어주며 화음을 내는
풀벌레처럼
오묘하고 넓은 우주의 여름을
밤새도록 노래하고 싶구나
　　　　　－「어찌 밤하늘에 나는 게 모기뿐이랴」 전문

하루를 시인은 시를 위해서 아름답게 살아야 하고 천상

의 말을 하여 좋은 시어를 발견할 수 있고 그를 통하여 좋은 시를 쓸 수 있다고 생각하는 그의 시 창작관이 잘 보여지는 작품이라 하겠다.

오묘하고 넓은 우주의 여름을 밤새도록 노래하고 싶은 시인!

시인 아니면 누가 이러랴.

한 놈은 뿌리 깊은 감염으로
또 한 놈은 보철 밑의 부식으로
한꺼번에 밀어닥쳐 정신없이 난타하는
어금니의 반란을 진압시켰더니

예전에 가리웠던 허공까지 들어나
반세기를 넘게 버텨오던
세 곳의 철옹성이 모두 무너져서야

세상 곳곳에 고마운 어금니들을
내 까마득히 잊고 살지나 않았는지

중추가절에 차린 성찬도
맛도 모르고 우물우물
속도도 뚝— 절반 이하로 떨어지고 나서야
예전에 미처 몰랐던 보석 같은 소임을
진정으로 깨닫게 되는구나

그들이 서운하여
등 돌리기 전
마음에 닿는 은혜 갚으며
속물 같은 속성을
버려야겠구나

　　　　　　　　　－「어금니의 반란」전문

세상을 살면서 늘 자신의 내면을 성찰하는 게 詩人이다.
깨달음이란 詩를 쓰는 근본이다.

　깨달아야 세상을 바로 보기 때문이다. 사물에 대한 진정
한 내면의 가치를 봄으로써 세상과 우주의 진리를 바로 보
기 때문이고 그럴 때 詩人은 겸손해지고 참다운 사랑을 할
수 있지 않을까.

봄여름을 태우던
정열이 아쉬워
이 산 저 산 불을 지르면

무르익은 은행잎들
거리마다 하늘마다
뒹굴고 날리는
가을은 깊어만 가는데

바람 불고 눈 내릴 때
벗어버림으로써

나목(裸木)의 상쾌함을 휘파람 불고 싶은지
번뇌 털 듯
잎들을 아낌없이 털고 있는 나무들을 보며
과연 나는 무얼 내려놓아야 할지

님이여
죄짐 다 내려놓고
그대 품에 안기면
나도 휘휘 휘파람 불 수 있을는지요
　　　　　　　　　－「내려놓음」 전문

그가 세상을 어떤 마음으로 살고 있는지 잘 나타내고 있다.
모든 것을 내려놓는다는 것은 말처럼 쉽지 않다.
그러나 그의 이번 시집을 읽고 나면 내 마음을 읽어달라
는 그의 간곡한 진정성이 마음에 와 닿는다.
가슴이 뭉클해진다.
이학도였던 그가 논리적으로 증명할 수 없는 詩의 길에
깊이 들어섰다는 것에 놀라움을 금치 않을 수 없다.
논리적인 것과 비논리적인 것의 양면에서 두 양면을 다
경험하며 사는 그의 특이한 삶이기에 그의 詩가 남다르게
앞으로 펼쳐질 것을 기대하게 된다.

이 시집의 4부는 그가 세계 여러 곳을 다니며 쓴 작품들

인데 그의 직관이 잘 나타나 있다.

그곳을 가보지 않았는데도 그의 詩를 읽고 나면 그곳의 풍경이 선하게 나타나고 느낌이 가슴에 와 닿는다.

세상을 돌아다닐 때마다 詩를 생각했다는 그의 말이 실감난다.

세상에 詩가 없다면 꿈도 사라진다는 그의 말에 공감한다.

남을 비방하는 인터넷 문화가 난무하는 세상에서 詩가 없는 세상은 상상도 못할 일이다.

이번 최찬수 詩人의 시집 『내 마음 읽어주소』가 세상을 왜 사는가에 대한 성찰과 아름다운 말을 사용해야 하는 필요에 대해 전국으로 확장되었으면 좋겠다.

끝으로 최찬수 詩人의 시집 출간을 진심으로 축하하며 그의 시가 많은 사람들에게 울림을 주는 감동이 되길 바란다.

아름다운 공존과 실존에 대한 윤리적 실천

송기한

(문학평론가)

　최찬수 시인이 시집을 상재했다. 그런데 시집 제목이 상당히 재미있다. 『내 마음 읽어주소』에서 보듯 시집의 제목이 매우 직설적으로 구성되어 있기 때문이다. 시는 일차적으로 자기 자신을 향한 목소리이다. 그것이 산문과 다른 것은 객관성의 여부에서 차이가 난다. 그만큼 시란 내 자신을 향한 목소리가 강렬하게 울려 퍼지는 장르이다. 시가 쓰이고 창작되고 나면 나머지는 독자의 몫이 된다. 독자는 그 객관화된 시인의 음성을 담론이라는 매개를 통해서 간접적으로 듣게 된다. 따라서 나의 사유를 직접 들어달라고 요청할 필요는 없을 것이다. 문학의 기본 속성이 그러할진대 어째서 시인은 "내 마음을 읽어달라"고 표 나게 말하는 것일까.

　그것은 다음 두 가지 이유 때문에 그러한 것이 아닌가 한다. 우선, 최찬수 시인은 자연과학을 전공한 학자이다. 이

학문은 인문학과 달리 인과론 같은 합리성을 떠나서는 성립할 수 없다. 그것은 직관이 아니라 객관에 의해서 지배되고 감성이 아니라 이성에 의해서 형성되는 학문이다. 객관이나 이성은 인과론의 절차를 벗어나면 성립하기 어려운 것이다. 그것은 증명 가능한 것이기에 어떤 의혹도 남겨서는 안 되는 명쾌한 속성을 지니고 있다. 그러나 그런 정확성이랄까 객관성은 사유의 주체들로 하여금 기계주의적 사고의 틀 속에 갇히게 만드는 단점도 있다. 근대가 위기의 관점으로 받아들여지는 이유도 이런 고정된 체계가 가져온 한계 때문이었다. 그것의 한계가 가지고 있는 기계주의의 틀을 보충해주는 것은 감성의 영역이다. 이 영역은 무엇인가 명확한 증거를 필요로 하지 않는다. 뿐만 아니라 인간을 기계주의적 사고의 한계 내로 고정시키지도 않는다. 인과주의적 사고가 우위에 있는 경우 이 감성을 용인하기가 매우 어려워진다. 그것은 증명 가능한 것이 아니기에 그러하다. 이쯤 되면 시인이 왜 시집의 제목을 이렇게 붙인 이유를 알게 된다. 그는 자신의 마음을 증명 가능한 것으로 만들고 싶었을 것이다. 물론 그것은 진정성에 대한 실천이랄까 실현여부와 분리하기 어려운 것이다. 이것이 시나 시집에서 흔히 요구하는 상징성의 범위를 넘어서서 시인이 시집의 제목을 서술적으로 만든 이유가 아닌가 한다.

두 번째는 세상을 향한 그의 시선이다. 그는 과학도로서

가 아니라 시인으로서 세상에 대해 발언하고 싶은 것이 많은 듯하다. 그의 관심 영역들은 작게는 존재론적인 인간의 문제에서부터 시작해서 가족의 일상사나 남북의 문제, 근대 문명에 이르기까지 광범위하게 펼쳐져 있다. 세상의 넓은 음역을 가로지르는 그의 시선들이 말하고자 하는 것은 존재론적 완성과 평화주의, 보편주의 등등에 걸쳐져 있다. 이런 진정성들의 실현에 대해 그는 마음껏 발언하고 싶고 또 이를 알리고자 하는 것이다. 시집의 제목『내 마음 읽어주소』는 그러한 의지의 표현이었다. 세상에 대한 내 마음의 희구가 시집의 제목으로 고스란히 표출된 것이다.

최찬수 시인의 시를 이끌어가는 근본 힘은 일차적으로 밖에서 본 사유에서 시작된다. 그는 가난한 집의 유학생이었다. 그 시절에 얻은 지식욕이랄까 탐구욕이 시의 근원으로 자리한다. "모든 것을 조국에 두고" "이국 땅에서 희생을 감내하며/ 찬 이슬 밟으며/ 지식의 드넓은 바다에서/ 진주를 찾아 헤매는/ 가난한 유학생"(「가난한 유학생」)이 일차적으로 그의 시의 본향이었던 것인데, 그는 이 체험에서 얻어진 인식을 바탕으로 자신의 시를 일구어나간다. 그의 시에서 여행체험의 시들이 많이 나타나는 것은 여기에 그 원인이 있는데, 그는 이를 통해서 세상 속에 묻혀 있는 진주를 찾아 나서게 된다.

두만강 작은 다리의 숭산 세관은
왜 늘 인적이 뜸한지

이념의 정점을 향하여
숙명의 길을 가야만 한다고
문단속의 거창하고 섬뜩한 구호만
푸른 하늘에 펄럭이는
빈부의 불연속이 적나라한 현장이라 그런가

저리도 꽁꽁 묶어
"아얏" 소리도 못하게 하면
끝내 속으로 폭발하고 말 핵폭탄은
무엇으로 감당할 수 있을지

목숨을 뺏고 빼앗기는 전장에도
지고지순의 사랑은 꽃필 수 있는데

저 5호 농장 너머
혹한과 사막에도
과연 사랑이 꽃필 수 있을까

                              ―「숭산세관」전문

　이 작품은 시인이 연변 여행을 통해서 쓴 시이다. 이른바
국경지대에서 시의 발상을 얻은 것인데, 시인이 여기서 응
시한 것은 평화와 사랑과 같은 보편주의이다. 시시한 이데

올로기 우월주의가 아니라 나눠진 세계, 곧 통일에 대한 통합의 사유이다. 시인은 그러한 통합을 위해 꼭 필요한 매개로 사랑을 이야기한다. 사랑만큼 갈등과 분열을 치유해줄 매개도 없을 것이다. 근대 이성이 부과한 것도 엄밀히 따져보면, 구분과 갈등의 세계이다. 이런 간격은 나와 너를 분리시키는 경계에서 비롯된 것이다. 그런 틈을 메워줄 수 있는 것이 사랑과 같은 통합의 정신임은 당연한 일이 아닌가.

　실상 이번 시집에서 시인이 말하고자 하는 주요 담론 가운데 하나는 사랑의식에서 찾을 수 있다. 그의 사랑은 남북의 화해나 통합 같은 거대 담론에서 찾아지기도 하지만, 지극히 작은 영역에서도 찾을 수 있다. 그는 따뜻한 온정주의자이다. 그러한 그의 사유가 종교적인 뿌리에 근거한 것일 수도 있고, 시인의 생리적인 감각에서 온 것일 수도 있지만, 그의 작품 속에 이 의식이 자리하고 있다는 자체만으로도 그의 시정신은 매우 건강한 것이라 할 수 있을 것이다.

　　크리스마스 이브
　　아빠를 찾아오는 줄도 모르고
　　낯선 아저씨 손을 잡고
　　비행기를 타고 오면서
　　내내 울었다는 말을 듣고
　　가슴이 아려왔었네

어린 몸이 무릎 아래
칭칭 감겨오고
미끄럼틀에서
동무에게 "찰칵" 하고 손을 내젓던 네가

이제 어엿한 사슴 같은 숙녀가 되어
아빠의 고생을
모두 덜어주려는 대견한 네가 되다니

너의 약속대로
멋진 차를 사주지 않아도
이미 난 포만의 배를 두드리고 있구나
—「딸의 성공」 전문

시인은 딸의 성공을 통해서 가슴 뿌듯한 속내를 드러낸
다. 어릴 적 딸과 속삭이던 맹세가 현실로 다가오는 감각을
설명하고 있는 것인데, 이렇듯 사소한 일상에서 얻어질 수
있는 시의 감성이야말로 그의 시세계의 폭과 질을 담보해
주는 것이라 할 수 있다. 이를 두고 소소한 가족주의적 한
계라고 치부할 수도 있겠지만, 이런 따뜻한 감수성 없이 그
의 시세계를 말하는 것은 어불성설이다. 일상에서 시작되
는 온유한 시선만이 세상에 대한 구원의 메시지가 될 수 있
다는 것이 시인의 생각이다. 가족과 세상이 하나로 어우러
지는 세상이야말로 사랑이 펼쳐질 수 있는 진정한 장이라

인식하고 있기 때문이다. 사랑과 같은 유기적 감수성은 무엇보다 결핍된 의식을 전제로 한다. 무엇이 충족되지 않았을 때, 이를 벌충하고자 하는 감수성이야말로 사랑의 본질이기 때문이다. 이럴 경우 그것은 생리적인 차원을 초월하게 된다. 딸에 대한 시인의 사랑이 가족주의의 틀을 넘어서서 보편주의적인 어떤 것으로 승화될 수 있었던 것도 세상에 대한 틈과 간극에서 형성된 것이었기에 가능했다.

오늘날 많은 사람들이 시대의 위기, 혹은 근대의 위기를 말하고 있다. 합리주의의 장밋빛 청사진이 무너진 것도 어찌 보면 근대의 위기와 불가분의 관계에 놓여 있는 것이었다. 근대의 위기를 말할 때, 우리가 흔히 목도하게 되는 것 가운데 하나가 인간의 욕망에 관한 부분이다. 자연과 인간의 조직적인 분리와 이에 기반한 인간 욕망의 무한한 팽창이 근대성의 기본 원리이다. 근대가 위기의 관점으로 인식되는 것도 무한 증식하는 인간의 욕망을 제쳐 두고서는 그 설명이 불가능할 것이다. 파괴와 저주가 인간의 생존조건을 무너뜨렸고, 그 결과 사랑과 같은 통합의 감수성을 필연적으로 요구받게 만들었던 것이다.

바람에 불려온 대전에
둥지를 틀려고
식장산을 바라보는 가오 지구에

아파트 삼십육 평에 당첨을 하고

앞으로 될 내 집과 똑같은 모델 하우스를
오며 가며 지나다 둘러보고
괜스레 들락날락
커피도 얻어 먹는구나

거실의 소파 위에 조용히 앉아
불도저가 밀고 가는
시뻘건 황토를 바라보며
새 고향의 아늑한 나의 보금자리를
꿈꾸어 보는데

이 세상에서 집을 짓는 피조물은
인간만이 아니지만
이렇게 대대적으로 산을 밀고
벽을 높이 쌓아 하늘을 찌르는
엄청난 건설과 파괴를 일삼는 인간은
과연 누구를 닮은 피조물인가

하나님을 분노케 하던
바벨탑이여

꿇어앉아
하나님께 참회한다
　　　　　　－「새고향－가오지구 모델하우스에서」전문

인간의 생존조건을 위협하는 것은 개발이라는 이름으로 시행되는 파괴이다. 인용시가 암시해주는 것처럼, 근대 이후 인간과 자연은 끊임없이 대립하여 왔다. 근대 이전의 경우에, 곧 자연이 우위에 있던 시대에 인간과 자연은 공존의 관계였다. 인간의 삶이 자연의 일부라는 태도야말로 이들의 공생관계를 증명해주는 보증수표였다. 그러나 근대화가 진행되면서 그러한 공존의 상태는 더 이상 유지할 수 없게 되었다. 문명이라는 우수한 무기를 손에 쥔 인간은 항변할 수 없는 자연을 거침없이 파괴해 들어가기 시작했다. 오직 인간 자신만의 이익을 위해서 욕망이 이끄는 데로 끊임없이 자연 속으로 육박해 들어간 것이다. 인간의 거주공간을 위해서는 유기적 동일체인 자연쯤은 고려의 대상조차 되지 않았다. 욕망의 팽창과 그에 따른 파괴만이 존재했고, 소위 공동체의 이상에 대해서는 굳이 귀를 닫으려 했다. 자연이 문을 닫으면 인간의 삶도 더 이상 유지할 수 없는 것이 자명한 이치일 것이다. 따라서 시인은 그러한 자연파괴와 인간의 욕망을 바벨탑의 신화에 빗대어 회개한다. 자연을 파괴하는 것은 신의 영역을 파괴하는 것이고, 신의 영역의 파괴란 곧 인간의 삶의 조건을 파괴하는 것과 똑같은 것으로 사유하고 있는 것이다. 시인은 인간과 자연의 대립을 이 시대가 맞이한 가장 중요한 당면과제로 받아들인다. 현재의 실존이 문명의 이면으로부터 자유롭지 않음을 감안하면, 그의 이런 판단은 매우 적절한 것이라 할 수 있다.

근대성이 제기한 주요 과제들이 인간과 자연 사이에 놓인 간극을 어떻게 좁혀나가야 하는가에 놓여져 있다. 뿐만 아니라 어떻게 인간답게 살 것인가에 대한 것도 이 영역으로부터 벗어나지 않는다. 따라서 진정성 있는 삶에 대한 시인의 의문들이 삶의 조건들, 특히 최근 들어 주요 화두로 제기된 생태주의 담론으로 향하는 것은 지극히 자연스러운 일이다. 인간과 자연이 어떻게 하나가 되어 공존해나갈 수 있는가를 모색하는 것이 생태주의의 근본 요체이기 때문이다.

어린 소녀 서넛이 또르르 나와
아파트 분리수거 부대 앞에 오더니
각자 누런 종이봉투 하나씩을 휘익 던지는데

이미 쌓인 비양심의 둥치 어귀에
나뒹구는 폐지, 우유병, 가루 비누통, 통조림통들

이역만리 떨어진
북극 설원까지도 먹거리 황폐화로
아사의 눈물을 반찬으로 하고 있는
흰곰 가족과 바다코끼리의 가족의
절절함을 모르는지

아이는 어른의 거울이라는데
어찌 아무런 양심의 거리낌 없이
이 땅을 저리 어지를 수 있는 것인지

우리는 모두 잠깐 왔다가는 순례자일 뿐
생명을 잉태하고 기르는 하나뿐인 지구를
억만년도 더 가도록 고이 물려주려면
걸어온 뒤끝을
깨끗이 분리수거해야 되겠다
생각하였다

- 「분리수거」 전문

이 시는 생태주의의 이상을 실현하기 위해서 실현해야
할 방향 모색을 제시한 작품이다. 생태를 위협하는 요인들
은 대단히 많을 뿐만 아니라 그 치유의 방향 또한 다각적으
로 제시되고 있다. 그런데, 시인은 생태의 파괴와 원인 그
리고 그 치유의 대책을 소위 윤리의 문제에서 찾고 있다.
제도나 이성의 규율이 윤리의 영역으로부터 자유롭지 않
음을 감안하면, 이는 매우 적절한 판단이라 할 수 있을 것
이다. 윤리는 제도에 의해 길러지고 그것은 다시 제도를 자
극한다. 그래서 이 둘 사이의 관계는 상호보족의 상태에 놓
이게 된다.

그럼에도 중요한 것은 인간의 의식이 가미된 윤리의 영
역일 것이다. 아무리 좋은 제도와 거기서 받은 교육이 중요

하다고 하더라도 이를 올바로 실천할 수 있는 윤리의 영역이 부재한다면, 그것은 한갓 부질없는 허구에 불과하기 때문이다. 시인이 이 시의 마지막 연에서 "우리는 모두 잠깐 왔다가는 순례자일 뿐/ 생명을 잉태하고 기르는 하나뿐인 지구를/ 억만년도 더 가도록 고이 물려주려면/ 걸어온 뒤끝을/ 깨끗이 분리수거해야 되겠다"고 다짐한 것은 매우 적절한 것이라 하겠다.

시인은 꿈꾸는 자이다. 인간이라면 누구나 미래에 대한 희망이 있기 마련이지만 시인의 그것은 건강한 사회, 밝은 미래에 놓여져 있다. 그러하기에 그는 현실의 부정성을 고발하고 자기 모랄의 덫을 놓기도 한다. 그리하여 이 기준에 미치지 못하면 그는 여지없이 자기 채찍을 가한다.

인간과 자연이 공존하기 위해서는 이들 사이의 경계가 없어야 한다. 자연에 대한 인간의 경계를 만들어 가면 갈수록 자연은 인간으로부터 멀어져간다. 그러한 거리화가 가져오는 비극은 굳이 말하지 않아도 된다. 지금 여기의 현실에서 빚어지는 온갖 부정성들이야말로 그러한 비극의 단적인 증거들이기 때문이다. 시인은 사회의 병폐를 치유하고자 생태주의적 환경의 중요성을 설파했다. 시인이 시집의 제목에서 '내 마음을 읽어달라'고 외친 것은 아마도 이와 밀접한 관련이 있었을 것이다.

건강한 사회를 위한 것, 생태적 환경을 위한 시인의 외침이 공허한 것이 되지 않기 위해서는 어떤 선언이나 외침만으로는 불가능하다. 그에 따른 적절한 실천이 뒷받침되어야 한다. 시인은 그러한 에너지를 제도와 같은 절대 이성에 기대지 않는다. 그는 자연과학도이지만 이성을 올곧게 신봉하지도 않는다. 도구적 이성이 범한 지구상의 위기를 염두에 두면, 이는 당연한 귀결일 것이다. 그는 그러한 제도보다는 감성과 같은 윤리의 영역에 보다 더 심혈을 기울인다. 윤리가 곁들어진 실천이 그것인데, 이번 시집에서 존재에 대한 한계와 반성의 시들이 유달리 눈에 많이 보이는 것은 이와 밀접한 상관관계가 있다고 할 것이다.

    용정에 가면
    큰 거울을 만난다

    일송정을 바라보면
    푸른 솔이
    푸른 깃을 세우고 있는데

    넓은 벌을 지나는
    해란 강을 바라보면
    어느덧 말을 타고 달리는
    내 마음

    용정중학교에 가서

의를 목숨으로 지킨
옛 시인의 시비 앞에 서 있으면
내 영혼은 깊은 물 흐르듯 고요 속에 잠기는데

이기심과 황금만능주의로
목숨 걸고 달려온
나의 일생이
거울 속에 흉물로 비춰져

티 한 점 없이 깨끗해질 때까지
나는 수없이 나의 일생을 걸러내고 있었다
                    —「용정에 가면」 전문

  이 작품 역시 여행체험을 통해서 얻은 지식을 바탕으로
쓴 시이다. 용정이 우리 민족에게 시사하는 바는 크게 두
가지이다. 하나는 독립운동의 근거지이고 다른 하나는 문
학의 고향이다. 독립의 상징이 선구자 노래에 있음은 익히
알려진 일이거니와 그것의 배경이 되는 도시가 바로 용정
이다. 따라서 그것은 단순한 지명 이상의 의미를 갖고 있
다. 시인은 거기서 조국을 찾고자 만주벌을 달리던 선구자
들과 일체화하는 환상을 경험한다. 그런 다음 순수와 염결
의 시인인 윤동주를 환기시킨다. 윤동주가 우리 민족이나
시인들에게 규율하는 힘을 감안하면, 그것이 의도하는 바
가 무언인지를 대번에 알게 된다. 용정과 윤동주는 시인에

게나 우리 민족에게나 삶을 살아나가는 윤리적 기준이 무엇인가를 언제나 물어왔기 때문이다. 시인은 그러한 물음을 '이기심과 황금만능주의'라는 안티 담론으로 대응하게 된다. 곧 자신과 자신을 둘러싸고 있는 환경은 윤동주 등이 설파했던 것과는 전연 상이했다는 도덕적 자기인식을 하게 되는 것이다.

시인이 살아온 길은 멀고도 험한 것이었다. 그리고 앞으로 나아갈 길 또한 그리 녹록하지 않다. 그럼에도 존재의 완성에 대한 시인의 의지는 확고하다. "달려온 길은 길고도 먼 듯했는데/ 또 남은 인생의 길은 얼마이랴/ 가야 할 길이 아득하더라도/ 인생의 요점과 방향을 잃지 않았으면"(「왜플 하우스」) 하는 자기 채찍을 끊임없이 하고 있기 때문이다. 시인의 그러한 모습은 어쩌면 순례자의 모습과 유사하다.

낙타는
몰아치는 모래바람
열사의 열기 속을
뚜벅뚜벅 걸어간다

아득히 먼 곳에서 흘러오는
물 냄새라도 영혼에 위로 삼고

한발 한발 긴 다리를 내뻗으며

벌룽대는 큰 코로

갈급하나 차분히 자유와 평등 평화의 길을
인고의 아리랑 길을
낙타는 오늘도 타박타박 걸어간다
                                    ―「낙타는 간다」 전문

낙타의 생존은 지극히 열악한 곳에서 펼쳐진다. 그것이
나아가는 길에는 몰아치는 모래바람도 있고, 열사의 열기
또한 있다. 이런 생존조건에도 불구하고 낙타는 뚜벅뚜벅
자기 길을 갈 뿐이다. 낙타가 이런 위악성을 딛고 전진하는
것은 그 앞에 상존할 것으로 기대되는 "아득히 먼 곳에서
흘러오는 물 냄새" 때문이다. 그러한 이상과 목표가 있기에
현재의 열악성은 장애가 되지 못한다. 낙타의 이런 모습이
마치 시인의 행로와 유사해 보이는 것은 어떤 이유 때문일
까. 현재의 갈증을 채워줄 생명수가 있기에 낙타가 나아가
듯이 미래의 유토피아나 꿈이 있기에 시인 또한 나아가고
자 한다. 그 길이란 시에 나타난 있는 것처럼, "자유와 평등
평화의 길"일 것이다. 이러한 목표가 있기에 시인은 지금도
낙타와 같이 "인고의 아리랑 길을" 타박타박 걸어가는 것
이 아닐까.
    최찬수 시인은 꿈꾸는 자이다. 그의 꿈이란 지극히 소박
한 것에서 출발해서 범인류적인 것으로 확산된다. 작게는

가족에 대한 사랑이고 멀게는 인류에 대한 사랑이다. 그의 사랑은 인간다운 삶의 조건이 무엇일까에 대한 사색에서 비롯된 것이다. 그리하여 시인은 수많은 여행을 통해서 내부의 문제점을 관찰하고 이를 딛고 나아갈 방향성에 대해 탐색한다. 바깥의 시선이 중요한 것은 그것이 갖고 있는 객관성 때문일 것이다. 시인이 진단한 지금 여기의 현실이 매우 시의적절한 것 또한 그가 진단한 현실의 정확성과 객관성 때문일 것이다. 그는 이를 토대로 인간다운 삶을 꿈꾸고, 자신의 윤리성을 다듬어 나갈 것이다. 존재의 완성에 대한 영원한 꿈들이 이런 사색과 실천을 통해서 이루어질 수 있다면, 그의 고민은 매우 의미있는 것이라 하겠다.

어찌 밤하늘에 나는 게
여름밤 잠 못 들게 하는 모기뿐이며
풀섶에 명멸하며 반짝이는
반딧불뿐이랴

사랑에 눈멀어 수만 리를 날아가는
불나방도 있고
불만 켜면 달려드는 풍뎅이도 있듯

깊은 바다에 납작 엎드려 가자미처럼
모두들 사랑 앞에선
사시(斜視)를 하고 살아가지만

난
서로를 내어주며 화음을 내는
풀벌레처럼
오묘하고 넓은 우주의 여름을
밤새도록 노래하고 싶구나
　　　－「어찌 밤하늘에 나는 게 모기뿐이랴」 전문

　자연과 인간이 공존하는 대합창의 세계이다. 모든 것들
이 본능에 충실한 삶을 살고 있다. 이성의 전능이나 도구성
을 비판할 때, 본능만큼 훌륭한 대항담론도 없을 것이다.
그것은 비인위적인 세계, 곧 자연의 세계이기 때문이다. 시
인은 나만의 영역이 아니라, 또 인간만의 영역이 아니라 자
연과 더불어 사는 세계를 꿈꾼다. 그러한 사유만이 이념으
로 갈라진 세계, 자연과 대항하는 세계를 통어할 수 있을
것으로 믿고 있다. "서로를 내어주며 화음을 내는 풀벌레처
럼" "오묘하고 넓은 우주의 여름"이야말로 그가 꿈꾸어 온
세계일 것이다. 그는 이 세계를 위해 갈등을 치유하고 대상
을 사랑하며, 궁극적으로는 완벽히 하나가 되는 세계를 희
구할 것이다. 그의 앞으로의 작품활동이 기대되는 것은 바
로 이 때문이다.

저자 약력

◆ 월간 시사문단 시와 수필 등단, 한국시사문단작가협회 회원, 빈여백 동인, 한국문인협회 회원, 경기도 청소년 예술제 시부문 심사위원, 서강대학교, 한국과학기술연구원(KIST) 연구원, 미국 휴스턴대학교 박사, 대전대학교 공과대 교수, 중국 산동과학기술대학교 겸임교수, 중국 북방민족대학교 객좌교수, NGO 국제과학기술자협의회(SEM International) 이사회 감사, 천안교도소 SEM 외국인 재소자 한국어 교육 팀장, 대전대학교 교수협의회 회장.

◆ 수상: 효석문학상 본상(2008), 월간 시사문단 풀잎문학상 대상(2009), 빈여백 동인 문학상(2013).

◆ 저서: 공저;『보아라 저 붕새의 힘찬 날갯짓을』(2009, 그림과책),『수원고등학교 100주년 기념 시서 시화전 출품』(2009),『지독한 사랑』(2010, 그림과책),『봄의 손짓』제8호(2013, 그림과책).

◆ 주소: 대전광역시 동구 대학로 62 대전대학교 공과대 응용화학과 (우편: 300-716), 전화: 042-280-2424, Mobile: 010-9636-0797, 이메일: cse110@dju.kr

표지 및 본문 삽화 디자인

◇ 김현정
◇ 표지 그림과 디자인
◇ 미국잭슨주립대학교 미술대학 교수
◆ Hyun Chong Kim
◆ Professor of Art
◆ Jackson State University, Mississippi, USA

내 마음 읽어주소

초판 1쇄 인쇄일	2014년 3월 3일
초판 1쇄 발행일	2014년 3월 4일
지은이	최찬수
펴낸이	정진이
편집장	김효은
편집/디자인	신수빈 윤지영 박재원
마케팅	정찬용 정구형
영업관리	한선희 이선건 이상용
책임편집	윤지영
표지디자인	윤지영
인쇄처	미래프린팅
펴낸곳	**새미**

등록일 2006 11 02 제2007-12호
서울시 강동구 성내동 447-11 현영빌딩 2층
Tel 442-4623 Fax 442-4625
www.kookhak.co.kr
kookhak2001@hanmail.net

ISBN	978-89-5628-640-2 *03800
가격	12,000원